LA

VAPEUR

Par Ch. FRETIN.

En Vente :

A Nogent, — à la Librairie de RAVEAU;

A Troyes, — à la Librairie de BOUQUOT.

—

1852.

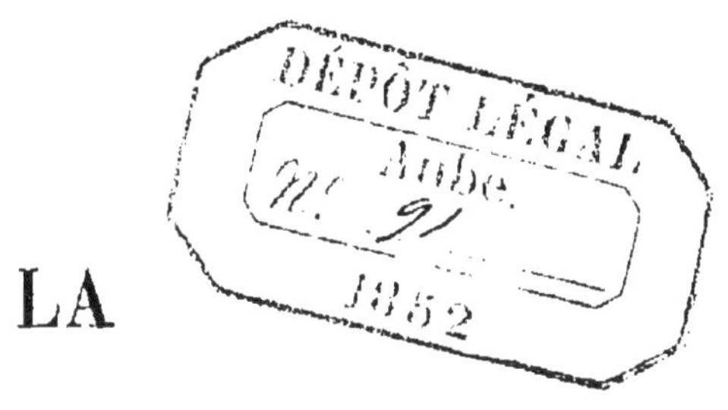

LA

VAPEUR,

PAR CH. FRETIN.

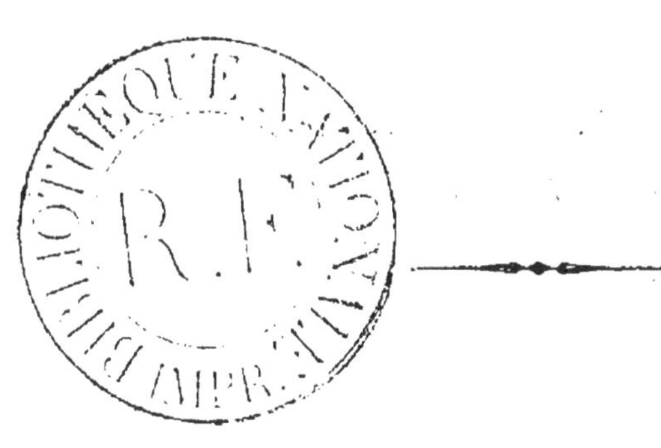

NOGENT,

IMPRIMERIE DE RAVEAU.

1852.

A MM. PENAUILLE ET CH. DUBOIS.

A celui-ci témoignage d'affection, — A l'autre qui n'est plus, pieux souvenir.

LA VAPEUR.

I.

A la page où rayonne un grand nom d'inventeur,
Un nom de grand génie, esprit divinateur,
Dont les temps à jamais garderont la mémoire,
C'est souvent un martyr que nous offre l'histoire.

Voyez Colomb ! en vain dans ses nuits sans sommeil,
Par-delà l'océan, sous des flots de soleil,
A ses regards charmés un nouveau monde étale
Dans toute sa splendeur sa beauté virginale ;
En vain il veut partir, voler à l'autre bord :
Les aîles d'un vaisseau manquent à son essor.
« Un navire ! dit-il à Gênes qu'il supplie,
« Et tu commanderas à toute l'Italie ;
« Je te ferai puissante entre les nations. »
— Allez conter ailleurs vos folles visions ! —
C'est ainsi qn'on répond aux offres du génie.
C'est partout même accueil, partout même ironie.
De ton monde, ô Colomb, de ton beau paradis,
Les chemins pour toujours te sont-ils interdits ?

Ne verras-tu jamais, par les flots apportée,
Sourire à ton salut cette terre enchantée ?
N'assiéras-tu jamais ta tente sur le sol
Où tant de fois ton âme a reposé son vol ?
Quelle fatalité te retient sur la grève ?
Te faudra-t-il mourir sans accomplir ton rêve,
Arriver à la fosse, et voir, en y tombant,
Tout un monde avec toi rentrer dans le néant ?
C'est la crainte, Colomb, qui partout t'accompagne.
Tu n'as plus qu'un espoir, tu n'a plus que l'Espagne.
O bonheur ! elle écoute et livre ses vaisseaux ;
Tu pars, te voilà seul sur le désert des eaux.
C'est ainsi que flottait l'esprit de Dieu sur l'onde,
Avant que du chaos il fit jaillir le monde.

O vous tous que Christophe avait priés en vain,
Qui dira vos regrets quand Christophe revint ;
Quand le songeur moqué, chassé par vous naguères,
Arriva triomphant du pays des chimères,
Ramenant avec lui des hommes demi-nus,
Des oiseaux merveilleux et des fruits inconnus,
Et plus d'or que jamais juif rapinant sans trève
N'en couva du regard, n'en palpa dans un rêve !

II.

O Gênes, comme toi la France eut son Colomb.
La France, comme toi, l'abreuva d'ironie.

Pour un fou, pauvre aveugle ! elle prit un génie,
L'or pur pour un vil plomb.

Inhumaine, on la vit dans un cachot immonde,
Jeter comme insensé le plus grand inventeur ;
Et sans un étranger nous perdions la Vapeur,
Cet autre nouveau monde.

III.

Louis treize régnait, ou plutôt Richelieu.
Louis, bien qu'il fut roi par la grâce de Dieu,
Sacré roi par le pape et roi par la naissance,
Avait le septre en main sans avoir la puissance.
Le ministre était tout : devant sa volonté,
L'imbécille Louis courbait la royauté.
La foule en vain criait *vivat !* sur son passage :
Le silence des grands autour du duc, l'hommage
Des affamés d'honneur, les courbettes sans fin,
Plus haut encor clamaient : voilà le souverain !
Oui, d'un char de malade il s'était fait un trône,
Ce prêtre ; sa tonsure était une couronne,
Et sa pourpre romaine un vrai manteau royal.

Richelieu régnait donc. Voici qu'au cardinal
Un suppliant un jour se présente : Éminence,
J'ai découvert, dit-il, en fouillant la science,
Un secret admirable, un merveilleux trésor,
Comme nul œil mortel n'en découvrit encor.

Apprenez qu'au milieu de la brume ondoyante
Qui s'élève d'un vase où gronde une eau bouillante,
Se cache à nos regards, invisible sorcier,
Un moteur sans pareil, un tout puissant levier.
Donnez-moi des marais ! comme ce monstre horrible,
Comme ce Béhémoth que nous dépeint la Bible,
Et dont la soif ardente absorbe le jourdain,
Je veux, moi, monseigneur, les dessécher soudain.
Pour le plaisir des yeux, sous l'ombre de vos arbres,
N'est-ce assez que les eaux bondissent dans les mar-
Ordonnez ! et bientôt les eaux prendront l'essor [bres ?
En jouant à la paume avec des boules d'or.
Mais ce n'est encor là que les premiers miracles.
Un jour, j'en ai l'espoir, surmontant tous obstacles,
Du calme et de l'orage également vainqueurs,
Les vaisseaux vogueront sans voiles ni rameurs ;
Et rendant le cheval au labour, à la guerre,
Les chars courront aussi d'eux mêmes sur la terre.
Oui, doublant leur vitesse.... oh ! ne souriez point,
Monseigneur ! la Vapeur est puissante à ce point,
Que, si d'un réservoir suspendu dans le vide,
Elle pouvait souffler sur notre sphéroïde,
Elle le pousserait, gigantesque ballon,
Comme un souffle d'enfant la bulle de savon.
Tenez, prenez ce livre, et que votre éminence
Daigne à loisir juger de quelle force immense ...
— Plus tard ! — et laissant là De Caus humilié,
Le grand homme s'éloigne en riant de pitié :

Dans cet enthousiaste il eut dû voir un frère.
C'est un fou qu'il a vu comme un homme vulgaire.

Repoussé, Salomon ne se rebuta pas :
Partout du cardinal il assiégeait les pas ;
Esprit infatigable en sa persévérance,
En dépit des refus conservant l'espérance.
Mais à poursuivre ainsi le ministre en tout lieu,
L'inventeur ne parvint qu'à lasser Richelieu.
Importun, tout fut dit : sur un signe du prêtre,
Il vit pour lui s'ouvrir et se fermer Bicêtre.

Salomon à Bicêtre ! en la maison des fous !!
Ayez donc du génie ! allons, épuisez-vous,
Sevrez-vous de plaisirs, brisez-vous par les veilles,
Pour doter le pays de sublimes merveilles !
Ayez un noble but ! au moment d'y toucher,
Ainsi que Prométhée on vous cloue au rocher.
Le désir de créer, le feu qui vous embrâse,
On le change en supplice et vos jours en Caucase.
Oh ! sentir d'un cachot d'où l'on ne doit sortir
Tomber l'ombre et l'ennui sur son front de martyr !
Voir aux traits des railleurs ses plans servir de cible,
Entendre le savant limitant le possible,
Lui dont vers l'inconnu doivent tendre les pas,
Dire d'un ton tranchant : cela ne se peut pas !
Irrévocable arrêt qui condamne Moïse
A ne jamais entrer dans la terre promise !

Mur d'airain élevé par l'incrédulité
Entre vos rêves d'or et la réalité !
O rage ! ne pouvoir franchir cette barrière,
Quand vous êtes certain que la gloire est derrière,
Et qu'elle vous attend avec un rameau vert
Qui vous couronnerait l'égal de Guttemberg !
Grand homme, mériter de vivre dans l'histoire,
Et se dire : « avec moi périra ma mémoire ;
Mort, je disparaîtrai tout entier dans mon trou. »
C'est à renier Dieu, c'est à devenir fou !

Salomon le devint. — Telle qu'une fauvette
Tombée aux mains d'un pâtre, alors que la pauvrette
Demandait pour le lit de ses chers nourissons
La laine qu'en passant l'agneau laisse aux buissons,
Dès qu'elle voit fermer une cage sur elle,
Va contre les barreaux, hélas ! briser son aîle ;
Telle, à heurter son vol aux murs d'une prison,
Du malheureux De Caus se brisa la raison.

Oh ! que vont à présent devenir tous ses rêves !
O vaisseaux enchantés voguant seuls loin des grèves,
Chars sans coursiers passant comme des tourbillons,
Ou courant, feux follets, la nuit par les sillons ;
Images traversant ce cerveau poétique,
Comment vous réfléchir dans le monde physique !
Comment vous élancer, vous peindre dans les faits !
La lanterne magique est dans l'ombre à jamais :

La folie a soufflé brusquement la lumière.
Oh ! maintenant qu'en vain la docile matière
S'offrirait à De Caus comme un blanc réflecteur,
Quand l'homme pourra-t-il saluer la Vapeur.

IV.

Mais quelle est cette voix, Albion, qui t'éveille,
T'annonçant un moteur, véritable merveille,
Que l'onde sur la flamme engendre dans l'airain,
Et qui doit épargner la peine au genre humain ?
C'est Worcester ton fils, c'est le visionnaire,
Le fou dont tu te ris, incrédule Angleterre.
Mais lui, sûr du succès, laisse rire et nier :
« Si l'état craint pour moi de risquer un denier,
« N'ai-je pas ma fortune ? à l'œuvre donc, courage ! »
Il a fini, la joie éclaire son visage.
Ton céleste mandat, De Caus, il l'a rempli :
La Vapeur, rêve hier, est un fait accompli.

V.

Aujourd'hui voyez-la ! haletante, enflammée,
La voici galopant, secouant sa fumée,
    Sa longue chevelure à l'air.
Voyez comme elle court, fuit dévorant l'espace !
Ainsi vole le cerf, ainsi l'ouragan passe,
    L'ouragan, la flèche et l'éclair.

Rapide, elle descend les fleuves à la nage,
Sur les grands lacs d'azur glisse comme un nuage
Que pousse en grondant l'aquilon,
Et sans peur, sans fatigue, à l'autre bout du monde
Emportant l'équipage à l'humeur vagabonde,
Sur les mers trace son sillon.

Dans la forge qui tonne et comme un volcan fume,
L'entendez-vous là-bas qui frappe sur l'enclume ?
C'est le Cyclope et son marteau.
Ici file sans bruit l'ouvrière bruyante :
C'est Hercule soumis aux pieds de son amante,
Hercule tournant le fuseau.

Où tu souffles, Vapeur, tout se hâte et s'empresse :
Aiguillon du progrès, de la rapide presse
Tu triples la rapidité.
Bien, ô Vapeur, poursuis ! que le monde s'éclaire !
Défriche à coups d'écrits le terrain populaire,
Sème et sème la vérité !

Mais comment germera la parole de vie,
Si tu laisses la foule à l'argent asservie
Du Capital subir les lois.
En travaillant pour tous et non plus pour un maître,
Fais à tous des loisirs, et tous pourront connaître
Leurs devoirs ensemble et leurs droits.

Tu sais du laboureur l'ignorance et les peines :
De même que ses bœufs, il passe dans nos plaines,
Les yeux fixés sur le sillon.

A toi de l'affranchir ! guide le soc, arrache
Cet esclave à la glèbe où le besoin l'attache !
Que l'homme relève le front !

Aux champs, dans les cités, que partout l'on te voie ;
Remplis ta mission en préparant la voie
A la sainte Fraternité.
Comme Jean devant Christ, par de nouveaux miracles,
Chaque jour, devant elle, aplanis les obstacles !
Quelle sauve l'humanité !

Depuis assez longtemps l'intérêt nous divise.
Oh ! qu'enfin les trois mots de la noble devise
Dans les faits passent triomphants !
Descendez dans les faits, lettres trois fois sacrées,
Cessez d'être pour nous des promesses dorées
Que les drapeaux jettent au vent !

Mais où ton vol oblique,
Muse, s'égare-t-il ?
Reviens à ton sujet, laisse la République,
Et du récit reprends le fil.

VI.

Worcester le rêveur, sa machine finie,
Devint pour son pays un homme de génie.
Cependant qu'était-il ? Un geai se pavanant
Au milieu d'autres geais sous les plumes du paon ;

Plumes au reflet d'or sur le sol délaissées,
Qu'il avait, à Bicêtre, en passant ramassées,
Un jour que dans ces lieux la belle Marion
Avait fait pénétrer cet oiseau d'Albion.

Il trompa sa patrie. A son tour l'Angleterre
Ainsi qu'il la trompa voudrait tromper la terre.
Mais Arago dans l'ombre a porté la clarté,
Et la terre à présent connaît la vérité.
De nos jaloux voisins la fraude est découverte :
Qui ne sait que par nous la marche fut ouverte ;
Que notre Salomon, quand leur Worcester vint,
Avait rejoint là-haut l'Architecte divin.
Les plans étaient tracés, l'Anglais n'eut qu'à les suivre :
S'il trouva la vapeur, De Caus, c'est dans ton livre.

VII.

Ainsi moins de fierté, Messeigneurs d'Outre-mer !
Cessez de nous vanter l'éternel Worcester.
Cessez en l'exaltant, quand proteste l'histoire,
De vous déshonorer par amour de la gloire.
Aussi bien, quand De Caus n'eût point guidé ses pas,
Croyez-vous que Papin, dites, ne le vaut pas.
Il paraît : la vapeur s'épand et se condense ;
Un piston se meut, monte et descend en cadence,
Et l'eau, qui des mineurs inondait les travaux,
Hors des mines s'élève et sort à larges flots.

N'en doutez point ! ainsi reculer la barrière
Est une gloire, allez, qui vaut bien la première.
Laissant donc tout débat sur la priorité,
Chantons quiconque a droit à l'immortalité !

VIII.

O Watt, salut à toi, l'orgueil de l'Angleterre !
Salut, trois fois salut, homme au génie austère,
Dont la science était les plus chères amours,
Et qui lui consacras ta fortune et tes jours.
Salut ! car à travers l'ironie et le doute
Tu sus, comme Papin, te frayer une route,
Et si bien corriger l'œuvre de ce savant,
Qu'on ne saurait pousser le travail plus avant.
Pour toi rien n'était fait où restait mieux à faire.
Le piston descendant pressé par l'atmosphère :
« Je veux, dis-tu, qu'il marche avec moins de lenteur,
« Que plus vite le froid condense la vapeur. »
Tu cherchas, — à travers la vapeur embrasée
Bientôt le condenseur répandait sa rosée ;
Bientôt dans le cylindre un seul et même agent
Abaissait, soulevait le piston diligent.
Arriver au parfait fut ta constante étude ;
Et quand tu t'arrêtas, ce ne fut lassitude,
Mais conscience, ô Watt, mais satisfaction
D'avoir atteint enfin à la perfection.

IX.

Elle était en effet, la machine modèle !
Elle était, grâce à toi ! l'impossible avec elle
Devenait un vain mot, les miracles un jeu.
Plus d'obstacles figeant l'invention en feu.
Du front de l'inventeur, sans se voir retardée,
Dans le moule du fait allait couler l'idée.
La Vapeur était là, moteur obéissant,
Prête à tout animer de son souffle puissant.
Cependant, ô Fulton, lorsque plein d'espérance
Tu soumis dans un camp ton projet à la France,
Que tu peignis ta nef sur l'onde se mouvant,
Sans voiles, sans rameurs et sans souci du vent,
Tu fus traité de fou, ton projet de chimère.
Quand ton invention nous livrait l'Angleterre,
Et pouvait par milliers y jeter nos soldats,
Nous avons mieux aimé faire des bateaux plats !
Celui-là qui du haut de son esprit sublime
Découvrait l'avenir ainsi que d'une cîme,
Et voyait le premier l'Idée à l'horizon,
L'aigle aux regards perçants eu les yeux de l'oison.
L'institut s'assembla ; mais pour te méconnaître,
Le savant fut, hélas ! d'accord avec le maître.
Aussi qui sait le temps qu'au fond de ton cerveau,
Projet, et rien de plus, eût dormi ton vaisseau ;
Qui pourrait affirmer que jamais d'une grève
Tu l'eusses vu flotter ailleurs que dans un rêve,

Si le noble pays qu'affranchit Wasington,
Comme l'aveugle France eut éconduit Fulton.

X.

Au lieu de l'accueillir au foyer Britannique,
Sur le Northumberland, lorsque l'Anglais punique,
De l'hospitalité violant tous les droits,
Emmenait en exil le détrôneur de rois,
On raconte qu'un jour où le vent sans haleine
Avait peine à pousser la nef vers Sainte-Hélène,
On raconte que prompt comme l'oiseau dans l'air,
Vint à passer fumant le Fulton sur la mer ;
Le premier paquebot, enfant du nouveau monde,
Que l'ardente Vapeur faisait voler sur l'onde,
Et dont le nom fatal, rappelant l'inventeur,
Ainsi qu'un démenti soufflетait l'empereur.

« Honte et malheur à moi ! dùt-il alors se dire :
C'était bien du génie et non pas du délire,
Les prodiges promis, l'Idée au large flanc
Qui m'apportait en dot l'un et l'autre Océan.
Par elle j'aurais eu, lui livrant mes flottilles,
Comme Epaminondas des victoires pour filles.
Leur glorieux sourire aplanissant les eaux,
J'entrais dans la Tamise, et devant mes vaisseaux
Leurs trompettes soufflant des paniques mortelles,
Dans Londres stupéfait l'aigle battait des aîles.

Alors tout était dit : « allons, Anglais, ton or ! »
Et l'Anglais sans réplique apportait son trésor
En voyant mon fer nu peser dans la balance.
Le monde autour de moi fesait enfin silence.
Des serpents de discorde à me poursuivre ardents,
Ma main victorieuse avait brisé les dents.
C'était dans son foyer éteindre enfin la guerre,
Que de mettre le pied sur la riche Angleterre.
Oui, maître d'Albion, tout subissait ma loi.
O vous, postérité, que direz-vous de moi ?
Je pouvais arracher l'univers au vampire,
Et la France est esclave et j'ai perdu l'empire.

XI.

Quand ainsi sur Fulton s'est trompé l'empereur,
Frères, qui d'entre nous n'est sujet à l'erreur ?
Montrons-nous désormais plus sobres d'ironie.
Tel souvent dont on rit n'est fou que de génie.
Mais je chante à des sourds, mais vienne un inventeur,
Diront-ils pas encor : que nous veut ce rêveur ?

XII.

Par-delà le détroit l'ont-ils pas dit naguère,
Stéphenson ! les savants ainsi que le vulgaire,

Tant qu'ils ne t'eurent pas vu, confondant leurs regards,
Atteler pour coursier la Vapeur à tes chars ?

Tel est l'homme : oublieux des leçons de l'histoire,
A toutes nouveautés il refuse de croire.
En quoi depuis Colomb, hélas ! est-il changé ?
Est-il plus clairvoyant ? — Il n'est que plus âgé.

XIII.

Quand à la Vérité, triomphante lumière,
L'aveugle routinier ouvre enfin la paupière ;
Que sous ses doigts surpris son incrédulité
Rencontre au lieu d'une ombre une réalité,
Si pareil à Thomas reconnaissant son maître,
Il saluait celui qu'il a pu méconnaître !
Il n'en est pas ainsi : l'amour propre blessé
Lui fait taire ton nom, grand homme repoussé !
Pas un seul monument ne le révèle au monde.
Plus ton invention est utile, féconde,
Plus lui-même il en est et s'en doit voir aidé,
Plus sur toi le silence, Inventeur, est gardé.
On dirait qu'en laissant dans l'oubli ta mémoire,
Il espère y laisser sa honte avec ta gloire,
Et qu'il garde toujours rancune au fond du cœur
A qui l'a convaincu d'ignorance et d'erreur.

XIV.

Qui me démentira ? Quel bronze perpétue
Ton souvenir, Fulton ? où donc est ta statue,
O Papin ? et la tienne, ô pauvre Salomon !
La moitié de la France, hélas, ignore ton nom,
Toi qui de la Vapeur commenças la conquête !
L'Angleterre au seul Watt seule a payé sa dette,
En transmettant ses traits à la Postérité.
O héros de la paix et de l'humanité !
L'Antiquité, pour vous moins avare d'hommages,
Parmi celles des Dieux eût placé vos images ;
Pour vous l'encens des vers et l'enceus des autels
Eussent mêlé jadis leurs parfums fraternels.
Dans nos siècles ingrats quelques humbles poètes
Apportent seuls des fleurs pour couronner vos têtes.
Le peuple qui par vous verra ses maux finir,
Le peuple vous maudit au lieu de vous bénir.
Il a plus d'une fois, dans des accès de rage,
Tenté d'anéantir votre immortel ouvrage.
Il n'y voit qu'un fléau loin d'y voir un bienfait.
Grands hommes, pardonnez ! il ne sait ce qu'il fait.

XV.

Il ne s'aperçoit point que lui seul la retarde,
Cette ère de bonheur que la Vapeur lui garde.

Ces machines qu'il broie et s'obstine à haïr,
Fileront le bien-être et forgent l'avenir.
Son marteau, chaque fois qu'il frappe en sa démence,
Rive un clou de la chaîne et brise une espérance.
Peut-être s'il savait... mais non, je crois qu'en vain
Vous leur diriez : « amis, attendez à demain !
Tous vos maux finiront, ne perdez point courage !
L'acheteur plus nombreux va ramener l'ouvrage ;
La Vapeur vous rendra plus qu'elle n'aura pris,
Diminûra la peine en élevant les prix. »
Ils vous montreraient, eux, la chambre délabrée,
Les pauvres enfants nus vers la mère éplorée,
Pour demander du pain tendant leurs maigres bras,
Et mornes répondraient que la faim n'attend pas.

XVI

La faim ! à ces excès voilà ce qui les porte.
L'atelier tout-à-coup leur a fermé sa porte.
Un métier qui fait mieux, plus vite que la main,
Vient de prendre leur place et les voilà sans pain.
Envain ils ont des bras forts comme leur courage :
Ils ont frappé partout, et partout point d'ouvrage.
Il faut vivre pourtant. Oh ! c'est affreux.... eh bien,
Nous n'en dirons pas moins : « la Vapeur est un bien.
Merci cent fois à vous, les hommes de génie,
Qui nous avez dotés d'une force infinie !

Merci cent fois à vous de nous l'avoir appris
Ce sublime secret que vous avez surpris !
Puisque l'œuvre pour tous un jour sera féconde,
Vous avez travaillé pour le bonheur du monde.
Peuple, ne juge point de leur invention
Par ces temps de malaise et de transition !
La vapeur n'est encor qu'à la fin de l'enfance ;
Impubère, il lui faut passer par la souffrance
Avant que d'arriver aux jours de puberté,
Et de donner les fruits de la fécondité.

Mais aussi nous dirons : quand sévit la misère,
O loi ! pour les souffrants tu dois être une mère,
Leur tendre les deux bras, et non croisant le fer,
Les repousser meurtris au fond de leur enfer.
Oh ! prends enfin pitié de ces pauvres Vandales !
C'est du travail qu'il faut, du pain et non des balles.
Allons, élève-nous de vastes ateliers
Où ne manquera point l'ouvrage aux ouvriers ;
Où ceux que la Vapeur de la fabrique exile,
Pourront contre la faim trouver un sûr asile,
Attendre, en te donnant leurs bras de travailleurs,
Que Dieu fasse sur eux luire des jours meilleurs,
Tu n'as toujours été qu'un glaive trop rigide.
Il est temps à la fin de devenir égide ;
Il est temps de graver sur tes tables d'airain :
TOUS ONT DROIT AU TRAVAIL, TOUS ONT DROIT A DU PAIN.

XVII.

Voilà le vrai remède, et le seul, philanthropes ;
Il devrait vous frapper, mais vous êtes myopes ;
Mais pour le découvrir, médecins obstinés,
Vous le cherchez, les yeux vers le passé tournés.
Regrettez-vous ces jours où du monde inconnue
La Vapeur ne courait en sifflant sous la nue,
Où l'homme s'attelait à tout bateau montant,
Et ramait sur les mers quand sommeillait le vent.
Allons, si du salut ces temps vous semblent l'arche,
Criez au genre humain de suspendre sa marche !
Dites-lui : la misère en croissant va toujours,
Il n'est plus qu'un abri : regagnons les vieux jours ! »
Si le flot doit bientôt envahir la carrière,
Que ne proposez-vous ce retour en arrière ?
Ah ! c'est que vous sentez, malgré tous vos regrets,
Qu'il nous faut obéir à la loi du Progrès,
Que nous sommes le fer, lui l'aimant invincible,
Que vouloir reculer, c'est vouloir l'impossible,
Et qu'un pouvoir plus fort que notre volonté
Toujours pousse en avant, pousse l'Humanité.

XVIII.

Ce pouvoir, quel est-il ? Dieu son maître et son père.
« C'est la Perfection ton but sur cette terre. »

— Seigneur, je marcherai vers la Perfection —
Et depuis le matin de la création,
Qu'au ciel ait lui l'azur ou grondé la tempête,
Elle a toujours marché vers le sublime faîte,
Tantôt morne, tantôt pleine d'un feu divin,
Tout en teignant de sang les cailloux du chemin.
Voilà longtemps déjà que va la voyageuse.
Elle n'en suit pas moins sa route lumineuse.
Malgré les rois, boulet que son pied de nos jours
Traîne encor, elle marche et marchera toujours.
Songer à l'arrêter, c'est sottise et démence.
Dieu peut tout ce qu'il veut, et Dieu veut qu'elle avance.

XIX

Insensé réacteur au Progrès opposé,
Laisse-la donc passer, ou tu seras brisé.
Bons, mais timides cœurs qu'afflige la misère,
Regardez en avant, et non pas en arrière !
Pour vous ne craignez rien, chère dame la Peur !
Nul ne sera contraint d'user de la Vapeur.
Permis à votre esprit qui si fort la redoute,
De changer en tombeaux les bornes de la route.
Ce n'est pas, vous pensez, pour dormir en chemin
Qu'elle a reçu des pieds et des poumons d'airain.
Il est vrai que parfois elle s'emporte et donne
La mort à l'imprudent, au fou qui l'éperonne.

Mais attendez un peu : l'apprenti cavalier
Chaque jours se façonne et devient écuyer.
Il connait déjà mieux sa fougueuse monture :
A son cheval de fer, indocile nature,
Il fait sentir le mors avec sa volonté,
Et bientôt l'indomptable, allez, sera dompté.

XX.

Oh ! quand l'expérience enfin viendra nous rendre
Maîtres de ce coursier qui méconnait le frein,
Qu'on pourra l'arrêter à son gré, lui défendre
Tout écart meurtrier, tout soubresaut soudain,
Sans crainte à sa vitesse abandonnant les rènes,
Que d'espace un soleil nous verra dévorer !
Combien vous entendrez, Monts Alpins, Monts Pyrènes
De wagons en grondant dans vos flancs s'engouffrer !
Qui sait combien d'états le voyageur rapide
Aura, le soir venu, traversés dans son vol,
Combien son char fumant, à la roue intrépide,
Déroulera par jour de mètres sur le sol ?
Qui sait si celui-là que baisera la brise
Sous l'azur constellé d'un beau ciel espagnol,
N'aura pas au réveil frissonné sous la bise,
Entendu la mésange au lieu du rossignol.
Peut-être du toit russe il aura vu le faîte
Resplendissant de neige aux lueurs du matin,

L'œil qui verra le soir des temples du Prophète
Flamboyer au couchant les coupoles d'étain.
S'envoler de Paris quand ses milliers d'étoiles
Semblent porter les cieux et garder son sommeil,
Et dès que de la nuit se replîront les voiles,
De l'Italie en fleurs saluer le soleil ;
Voir comme au temps des Dieux s'ouvrir sur l'Acropole
Le regard de Vénus tout scintillant d'amour,
Entendre les zéphyrs dans les harpes d'Eole,
Sitôt que descendront les ombres de retour :
C'est un rêve aujourd'hui, ce merveilleux voyage ;
Mais enlevez la crainte à la rapidité,
La Vapeur vous emporte ainsi qu'un vent d'orage,
Et le rêve devient une réalité.
Elle a beau haleter : malgré vague et rafale,
De même qu'à la nage elle franchit les mers ;
Telle au galop demain l'impavide cavale,
Malgré sable et simoun, franchira les déserts.
Oh ! lorsque l'homme ainsi parcourra son empire,
De la création il sera le vrai roi ;
Avec un juste orgueil alors il pourra dire :
Si le ciel est à Dieu, cette terre est à moi.

Nogent-sur-Seine. — Imprimerie de FAYEAU.

Nogent. — Imp. de RAVEAU.

www.ingramcontent.com/pod-product-compliance
Ingram Content Group UK Ltd.
Pitfield, Milton Keynes, MK11 3LW, UK
UKHW012128240726
13965UKWH00005B/2041